KB216342

물두멍에 담긴 기억들

김덕신

초판 발행 2022년 10월 15일 | 지은이 김덕신 | 펴낸이 안창현 | 펴낸곳 코드미디어

북 디자인 Micky Ahn | 교정 교열 민혜정 | 그림 김덕신

등록 2001년 3월 7일 등록번호 제 25100-2001-5호 | 주소 서울시 은평구 갈현로 318-1 1층

전화 02-6326-1402 | 팩스 02-388-1302 | 전자우편 codmedia@codmedia.com

물두멍에 담긴 기억들

말

수많은 이의 도움 없이는 국회의원이 되기는 불가능합니다.

제 모교 총장께서, "거지도 한 표, 부자도 한 표.

사람을 외모로 판단하지 말라"고 이르셨습니다.

제 할머니께선 싫고 좋음을 금방 나타내지 말라 하셨습니다.

글을 쓰게된 동기는 여기까지 이르도록 주님께서 동행하심과

하나님께서 살아 역사하심을 믿지 않는 분께 전하고 싶기에.

감사함을

저의 글과 그림으로 나누고 싶어서입니다.

김덕신

추천사

덕망과 신실의 삶을 사신

김덕신 권사님께서 걸어오신 자취를 담아 처녀 출간하시니

기다렸던 터라 축하하며 흥분된 마음으로 폅니다.

성장기에 조모님 아래에서 겪은 인턴십들이

결혼기에 가서는 현장을 뛰며 적용시켜 꽃을 피웠습니다.

노년기에는 다양함을 벗어나

주님과 가까이하시는 시간이 있었습니다.

그 과정에서 잠재된 재능이 발굴되었습니다.

그들을 다시 압축시켜 보배로운 저서가 빚어졌습니다.

이들 속에는 고난과 기도와 사랑과 기다림의 재료들이 녹아

빛으로 반사되니 주님의 빛을 전하는 구령의 도구가 될 것을

저는 확신하고 축복합니다.

서정남 목사 | 성경 삽화가

차례

둘   가족

하
나

어
린

시
절

01 어린 기억 속의
어머니와의 이별

1946년 2월 초 평양. 무척 춥고 바람이 많이 불던 날, 엄마의 관이 트럭에 실려 나갔다. 세 살 반이었던 나는 낯선 광경을 엄마 친구 등에 업혀서 바라본 것이 엄마와의 마지막 기억이고 추억이다. 마치 영화의 한 장면처럼 뇌리에 선명하고 또렷이 떠오른다!

갈참나무

June 18 '21

15

산후 출혈 과다로 엄마가 돌아가시고, 갓 태어난 여동생 덕선이는 평양 외곽에 있던 유모 장 씨 댁에 맡겨졌다. 아버지는 나를 서울로 데려다 놓은 후 덕선이를 데리러 갔던 차에 삼팔선이

그어져 내려오지 못하고 지금껏 생사를 모른 채 이산가족 신세가 되었다. 잘 지내고 있는지, 항상 보고 싶고 소식도 알 길 없이 70년 세월만 흘렀다. 이는 민족의 비극이요, 우리 집안의 슬픈 역사다.

엄마가 세상을 떠난 후, 새어머니가 들어왔다. 그 당시 중학생이었던 오빠는 새어머니가 어머니의 옷가지와 사진 등을 남김없이 다 찢어 버리고 있는 모습을 보고 크게 다투었다.

그 후 열두 살 터울인 언니와 열한 살 터울인 오빠는 먼저 월남하였고, 네 살배기인 나만 북에 남아 새어머니의 미움받이가

되었다. 셀 수 없이 매일 맞고, 부엌 바닥으로 내동댕이쳐서 늘 머리를 다치곤 하였다.

　아빠가 출근하시면 울어서 얼룩진 얼굴로 큰 한옥 대문 앞에 쪼그리고 앉아 아빠가 돌아오시기만 기다렸다. 요즘의 아동학대를 당하면서 살았고 그 기억은 평생 잊히지 않고 있다.

10. 11. '20

02

6·25 전쟁의 발발과
피란민 신세

　6·25 전쟁 당시, 정부 감찰 위원이셨던 할머니께서 여자와 어린이만 기차로 피란을 보낸다고 해서, 나는 새어머니와 어린 남동생 둘과 기차를 타고 부산에 내려왔다. 그 종착지는 부산 송도 난민 수용소였다.

　새어머니는 밖으로 돌아다니셨고 어린 동생의 기저귀를 갈아 주기, 분유 먹이는 일, 밥과 빨래하기 등 집안일은 모두 내 몫이었다. 일을 혹여 잘못하면 혼이 났다. 초등학교 1학년이었던 당시 밥할 때 성냥으로 불 지피는 일이 얼마나 두려웠던지 지금도 생각하면 무섭던 기억이 생생하다.

우리의 어려운 처지를 보고 당시 감찰 위원장이셨던 노진설 씨가 나를 양녀로 삼아 키우겠다는 제안을 하였다. 이 제안을 새어머니는 거절했다. 나중에 안 사실이지만 당시 배급이 가족 수대로 지급되었는데, 내가 빠지면 배급량이 그만큼 줄어든다는 것이 거절의 이유였다.

Jan 21 '22 信

23

03

첫 번째 기적,
할머니가 돌아오시다

나는 어머니를 여의고 새어머니 밑에서 구박받으며 허드렛
일이나 하는 그런 아이였다. 그리고 평생 이렇게 살아야 할 줄
알았다. 항상 슬펐고 엄마가 그리웠다. 엄마랑 있는 남들을 보
면서 '얼마나 좋을까' 늘 부러웠었다. 항상 슬프고 말 없던 소녀
에게 기적이 찾아왔다.

나의 친 할머니, 박현숙 할머니는 자애롭고 엄격하신 분이셨다. 세상을 어떻게 살아가야 하는지를 몸소 실천해 보이셨다. 1930~40년에 평양에 2층짜리 벽돌건물인 '여자 사회관'을 지으시고 여성도 배워야 한다고 계몽 운동을 하시는 등 항상 시대를 앞서가셨다. 1946년 서울에 오신 후 월남하는 이북 독신 여성을 위해 당시 미 군정 여 간호사의 기숙사로 쓰던 건물을 구해 송죽원을 세웠고, 6·25 동란 시에는 불쌍한 고아들을 위해 사회복지법인 송죽원을 세웠다. 일제 치하 시절 신사 참배를 거부하면서 자진 폐교한 숭의여고를 서울 남산에 재건해 설립했고, 또한 해방촌 피란민을 위해 서울 수유리에 창현교회-지금의 갈릴리교회를 세웠다. 할머니의 지역구인 강원도 철원 김화에는 신흥감리교회를 세웠고, 국회의원 당선 후에는 국회의원 조찬 기도회와 대통령 조찬 기도회를 세워 이 나라 지도자들이 먼저 하나님께 예배와 찬송으로 영광을 돌리기 원하셨다. 나라를 잃었을 때 독립운동 중에도 늘 하나님의 나라와 그의 의를 먼저 구하시는 기도하는 삶이었다.

잔잔히 흐르는 금강을 품은 도시 공주에서 풍경이 내어준
이야기를 따라 시간 위를 걸었다.

June 19
'22
信

이러한 박현숙 할머니가 우리를 찾아낸 것이다. 할머니와 만난 덕분에 할아버지와 언니와도 재회할 수 있었고 부산 서대신동의 한 여관방에서 다 함께 지내게 되었다. 나는 할머니의 손녀딸로 다시 태어났다는 느낌이었고 실제로 나의 삶은 할머니가 살아 돌아오심으로써 180도로 바뀌게 되었다. 인생에 거대한 변화가 일어난 것이었다.

자연이 빚어낸 '쌍둥이 하늘'

그러던 어느 날 저녁, 손쓸 수도 없을 정도로 많이 아팠었다. 8살이었던 나를 두고 언니는 어쩔 줄 몰라 하릴없이 여관방 창밖만 바라보고 있었다. 그때 내과 의사셨던 남산교회 성가 대장이 우연히 지나가다가 아픈 나를 발견하고 급히 치료한 덕분에 기적적으로 살아날 수 있었다.

하나님께서 나의 생명을 구하셨다.

04

나의 초등학교 시절

그렇게 구사일생으로 할머니를 만나 가족이 존재한다는 기쁨을 맛보면서 어린 시절의 고통을 벗어나는 듯하였으나 할머니 집에서도 여전히 외톨박이처럼 살았었다.

할머니께서는 독립운동하시다 투옥돼서 왜경의 혹독한 고문으로 반신불수 되신 할아버지 몫까지 도맡아 나랏일 하시느라 늘 바쁘셨다. 다른 친지들의 방문으로 떠들썩하다가도 모두 다 떠나면, 북적거리던 큰 집에는 말씀 어눌하시고 편찮으신 할아버지와 나만 남았다.

영주 무섬마을

나의 자애로운 할머니는 살림을 맡겼던 새언니에게 매일 가계부를 기록하게 하셨다. 날마다 잔돈까지 정확히 맞춰야 했고, 출처를 모르는 자잘한 잔돈은 '모르고'라는 항목으로 해두었으며, 교회에 십일조도 정성껏 냈다. 입는 것뿐 아니고 먹는 것도 여유가 없는 나날이었지만 새어머니와 지내던 날보다 행복했다.

할머니 말씀이 '넌 팔자가 남다르다'고 하셨다. 열두 살 위 언니는 편찮으신 할아버지와 결핵 환자였던 오빠들을 돌보느라 고생만 했는데, 나는 할머니 만나고 나서 나의 신세가 바뀌었다고 말씀하셨다. 그 당시 우리가 살던 관사에는 보초가 있었고, 지프차와 집 전화가 구비되어 있었으니 나의 신세가 얼마나 바뀌었는지 알 수 있었다.

Nov 28 지숙

김천 〈직지사〉

하지만 항상 내 마음 한구석은 늘 허전하였고 일찍 떠나버린 엄마가 그립고 또 그리웠다. 그러면서 이화여중을 졸업하고 고등학교를 다니면서 그렇게 소녀 시절을 보냈다. 늘 집이 손님들로 북적거려, 상 심부름 등은 내 몫이었다. "입의 혀 같다"라는 할머니의 칭찬을 들으며 집안일과 할머니가 시키는 일을 하며 자랐다.

그러던 중 열두 살 위 언니와 열한 살 위의 오빠가 일찍 미국으로 유학을 떠나버렸다. 외로움에 빠진 나는 자연히 슬픈 눈망울을 가진 말 없는 아이, 부끄럼 많은 아이가 되었다. 대학에 가서야 엄마가 안 계신 얘기도 친구와 나눌 수 있을 정도로 많이 밝아졌다.

Oct 19 21 啟

둘

가
족

05

연애, 그리고 결혼

　집안일과 공부만 하다가 대학에 들어갔다. 5월의 어느 공휴
일에 친구가 영화를 보러 가자고 해서 나갔더니 약속 장소에
남학생 두 명이 함께 있었다. 예전에 광화문을 지나는 나를 보
고 내 친구에게 소개해 달라고 부탁해서 만남을 주선했다고 한
다. 그 남학생은 나의 이화 동창 학우네 옆집에 살던 정대철이
었다. 그날 정대철과 그의 친구가 함께 나온 것이었다. 갑작스
러운 만남에 몹시 당황했던 생각이 난다.

　그 후 그가 서울 법대생으로 고시 공부하던 중 각혈하였고
폐결핵으로 병원에 입원하게 되었는데 이때 문병을 다니면서
관심이 가게 되었다. 그리고 내가 잠시 미국 유학을 다녀온 후
결혼하게 되었다.

Dec 25 2016.

내가 만든 웨딩복을 입고 결혼

남편의 집안은 우리네와 공통점이 많았다. 모두 이북이 고향이고, 독립운동했으며, 월남 후 건국 초기에 함께 일하셨고, 이북에서부터 같은 교회를 섬겼다.

그러나 우리의 결혼은 할머니께서 처음에 반대가 심했다. 호랑이 시어머니와 삼대독자 외아들이었던 그와 결혼하면 혹여

전남, 신안 **고립되서 안전한 섬···** 차 단해도 즐기는 **'절**

시집살이할까 걱정되셨던 모양이다. 결국 유학에 다녀온 후 그
와 결혼하였고 아들 둘과 딸 하나를 낳아 길렀다.

사실 그 당시에는 뭣도 모르고 결혼했다. 그러나 내가 자라온
환경이 남달랐던 것이 밑거름이 되어 결혼 후 닥쳐온 여러 힘
든 상황을 견딜 수 있었다.

⁰⁶ 남편 정대철에 대하여

정대철은 사람을 좋아하고 옳은 것은 끝까지 관철하는 성품이었다. 인품도 좋아 주변에 형님, 동생도 많았다. 세상 사람이 다 자기 같은 줄 알고 천진난만하고 긍정적이어서 일생 손해 본 적도 많았다.

결혼하면 자연히 나도 엄마가 되기에 내 엄마의 부재가 상관없는 줄만 알았다. 그러나 약혼 순간부터 엄마가 절대로, 절대로 필요했다. 자식을 낳으면, 엄마가 되는 순간부터는 죽으면 절대 안 된다고 늘 언니와 얘기했다.

나는 스스로 결혼 준비를 많이 했다. 미국 가서 공부할 적에 아르바이트로 산부인과 병동에서 일할 때도 의사의 허락을 받고 출산 장면을 보면서 준비할 정도였다. 그럼에도 불구하고 엄마의 빈자리는 여전히 크게 느껴졌다.

어려운 순간마다, 자라온 경험은 나와 함께 하신 주님께서 때로 눈물을 닦아주시기도 했다. 특히 외며느리인 나를 시아버님께서 넓은 사랑으로 감싸주셨다. 그리고 야당 탄압으로 병이 나신 후, 어머님 피아노 반주로 함께 좋아하시던 찬송들을 불렀던 아름다운 추억도 새롭다.

기연한 경복궁 아침   Aug15 '21 서울

07

유학 시절 이야기

전두환 씨의 국회 해산으로 다시 실업자가 된 남편은 못다 한 공부를 마치기 위해 함께 미국 유학길에 올랐다. 매일 밤 비좁은 대학원생 아파트에 모여 밤마다 나라 걱정으로 울분과 외로움의 회포를 풀었고 나는 옆에서 부지런히 만두를 빚어 대접하였다. 그 당시 생활비를 벌려고 구식 세탁소에서 아기 기저귀 빨래 등을 해주었다. 세제가 독했던 탓에 열 손가락에 생긴 주부습진은 서울 와서도 선거 때마다 도지며 나를 고생시켰다.

조영남·윤여정 부부도 신혼여행 때 우리가 살던 아파트로 왔었고 김진만 국회 부의장 아들은 주말마다 우리 집 거실 헌 소파에서 잠자면서 공부하여 박사 과정을 마쳤다.

미주리대 신문방송학과에 연수 왔던 우리나라 최고 재벌가 사위가 있었다. 유학 시절, 그는 우리와 다정히 지냈는데 서울의 한 파티에서 우연히 그를 만나게 되었다. 반가운 마음에 인사를 하려니 야당 인사라고 매정하게 외면한 적도 있었다. 그런게 그들이 사는 방식이려니 하고 이해했다. 다 지나고 보니 즐거운 추억이다.

참, 조영남·윤여정 부부는 잘 살다가 돌연 헤어진다 해서 극구 말렸던 기억이 난다. 최근 윤여정이 큰 상을 받아 나는 그녀를 위한 신문 스크랩 책자를 만들어 축하했다.

정말 많은 추억이 있던 이 시절에는 늘 수면 부족으로 눈이 충혈되어 토끼 눈을 하고 살았던 거 같다.

미국 미주리대 박사 학위 수여식 후

08

결혼 후 20번의 이사

충남 당진시 솔뫼성지에 있는 김대건 신부 생가

약 스무 번의 이사를 다녔다. 그 오랜 세월 동안 부모님 때부터 국회의원을 여러 번 지냈지만, 야당에겐 사무실조차 빌려주지 않아 사무실을 자주 옮겨야 했다. 집이고 사무실이고 이사가 잦았던 탓에 포장의 선수가 됐다.

내 집은 45세에서야 마련하였다. 헌 집에 헌 벽돌을 붙이고

마당에는 대나무, 맥문동을 심고 옹기를 모으기까지 하였다. 물
고추를 사다가 마당에다 말리던 기억이 난다. 참 행복했다. 14
년간 정든 집에 연립주택이 들어서면서 이사 가게 되어 지금껏
이곳 아파트에서 살고 있다.

⁰⁹ 자녀들, 정호준, 정혜준, 정세준

나에게는 아들 둘, 딸 하나가 있다. 아이들에게 차분하고 따뜻한 가정의 분위기를 느끼게 해주고 싶었는데 찾아오는 사람이 많다 보니 복잡하고 어수선한 분위기만 제공한 것 같아 미안하다. 그런 가운데서도 무럭무럭 자라 미국에 유학 가서 미주리대를 수학하고 뉴욕대 석사를 졸업한 큰아들 호준은 외모나 인자한 성품이 할아버지를 많이 닮았다.

어느 날 호준이 갑자기 자신도 정치에 뛰어들겠다고 했을 때 엄마로서 걱정이 많았다. 일단 안정적인 생활이 되지 못할 뿐 아니라 많은 정치적 반대자들로부터 본의 아니게 상처받고 공격당할 것을 생각하니 어린 내 아이가 그런 삭막한 환경에서 잘 버텨낼 수 있을지 걱정이 먼저 앞섰다. 다정하게 잘 대해 주지도 못했는데 정치적 성향의 사람들로 둘러싸여 살면서 사람들에게 실망하고 조직에 실망하고 심지어는 그런 자신에게 실망할 수 있는 그런 정치판에 뛰어드는 게 정말 싫었다. 그 상황에 C 의원과 K 의원이 나와 호준을 찾아왔다. 출마하고 싶은 심정을 그림까지 그려가면서 호소하는 모습을 보고 정말 여러 가지를 생각하게 했다. 우리의 강한 의지를 보고는 한숨 쉬며 돌아갔다. 그러나 주변의 상황과 아들의 의지는 선거 출마로 흘러갔고 아들도 국회의원 후보에 출마하여 당선이 되었다.

첫째 호준, 둘째 혜준, 셋째 세준

문턱 높은 집에 다리 긴 며느리가 들어온다고, 며느리는 인상이 좋고 마음씨도 곱다. 내조도 잘한다. 손자인 성훈도 잘 자라서 감사하다. 본인이 하고자 하는 일이었으니 축하는 해주었지만 엄마로서 걱정이 앞섰고 미래에 대한 고민이 더해지니 더욱 마음 조마조마했었다. 늘 겸손한 태도로 끝까지 삶의 목표를 가지고 최대한 노력하는 큰아들이 되기를 바란다.

둘째 혜준은 미국 뉴욕 FIT를 졸업해 텍스타일 디자이너로 활동하였고, 미국 유학 중에 만난 남편과 혼인하여 아들 둘 낳아 재미있게 살고 있다. 남편은 현재 뉴욕에서 변호사로 활동 중이다. 멀리 떨어져 살고 있지만 일 년에 한 번씩은 꼭 찾아와 주니 반갑고 감사하다. 혜준은 성격이 쾌활하고 친화력이 뛰어나 우리 집안의 복덩이자 해결사이다.

막내 세준은 웨스트민스터 칼리지 수료 후 사업을 운영하며 건실하게 자라주었다. 다만 세준을 생각하면 항상 미안한 마음이 앞선다. 어릴 적에는 항상 선거나 정치 활동한다고 잘 챙겨주지 못한 게 늘 마음에 걸리기 때문이다.

세준은 어려서부터 남달리 선거에 관심이 많았고 어릴 때부터 선거 활동을 곧잘 도왔다. 초등학교 1학년 때 친구들에게 선거 팸플릿을 나눠줬는데, 그걸 본 친구네 아빠가 우리에게 봉고차를 빌려주겠다는 전화가 온 적이 있었다. 친구에게 감사 인사를 전하라 했더니, 세준은 '우리 아빠는 봉고차 4대가 필요하다'라며 야무지게 말을 했었다.

그 어렵던 시절에 봉고차를 2대나 빌려주었고 덕분에 선거를

무사히 치를 수 있었다. 그분께 참 감사하다. 당시 세준은 선거 유세용 봉고차 앞 유리에 '세준 아빠 힘내세요'라는 말을 써 붙인 적도 있었다. 아버지의 뒤를 이어 꼭 정치한다 했는데 그의 꿈을 응원한다.

세준은 배포가 크고 항상 주변에 수많은 친구가 있는 것이 장점이다. 정치적 상황 판단이 빠르고, 감사할 줄을 안다. 형을 위해서도 참 많이 도왔다. 늘 고맙게 생각한다.

젊은 날의 엄마와 딸 혜준! 기쁜 생일 축하!

우리 가족

셋

정
치

생
활

10

박정희와 맞선 김대중 대통령 후보
선대본부장 시절

박정희 전 대통령에 대한 여러 평가가 있지만 나는 우리 집안에서 직접적으로 겪은 일을 중심으로 언급하고자 한다. 박정희가 대통령이 되어 나라가 발전했다는 평가도 있고 보릿고개를 면하게 한 위대한 정치인이라는 평가도 있으며 반공 국시 주창하여 나라를 바로 세운 장본인이라 추켜세우기도 하지만 친일 반민족주의자에 독재를 통해 수많은 민주 인사를 투옥하기도 한 장본인이다.

우리 집안은 시아버지가 김대중 후보를 밀어주고 대통령 후보 선대본부장을 맡으면서 많은 일이 있었다. 다들 기사에 실린 일들이지만 선대본부장을 맡고 얼마 되지 않아 시아버지 정일형 박사가 살던 집에 불이 나서 시아버지 유엔 관련 서적들, 어머니 여성 인권사 관련 책들이 홀라당 타 버린 일이 있었다.

새집으로 이사를 가야 하는데 시간이 잘 맞지 않아서 당시 우리 신혼집으로 오시고, 우린 잠시 신수동으로 간단한 짐만 가지고 이사 나온 적이 있다. 그 사건으로 우리 세간살이와 내가 손수 만들어 입었던 웨딩드레스, 결혼 앨범 등 모든 것이 불타 사라져 한 줌의 재로 변했다.

우연하게도 그 사고 때 동교동에 있던 김대중 후보의 집도 폭파되고 불이 났었다. 유신 정권에 반대하는 사람들에 대한 위협과 시련을 당해보지 않은 사람은 모를 일이다.

이 화재의 원인을 고양이라고 하니 어이가 없었는지 사람들 사이에서 '해외 토픽감'이라며 이슈가 되었었다.

11

선거 입문

나는 선거와 관련하여 처음으로 경험했던 일은 우리 할머니 박현숙 장로님이 우리나라 최북단 강원도 철원에서 지역 선거를 하실 때였다. 내 나이 15살 중학교 2학년 무렵으로 기억한다. 등사판의 롤러를 손으로 밀어서 누런 종이에 찍어낸 선거 팸플릿을 가지고, 집집마다 돌리던 기억이 난다. 그 당시 17명이 출마했는데, 그중에 최다 득표로 당선되셨다.

본격적인 선거 경험은 남편의 선거 운동에 참여하면서부터였다. 그 당시는 시아버님인 정일형 박사께서 '3·1 민주구국선언'으로 국회의원직을 박탈당하고 시어머니 이태영 여사께서 변호사직을 박탈당하는 등 집안이 풍비박산된 상황이었다. 그래도 박정희 정권의 독재에 이렇게 무너질 수는 없었기에 남편이 종로 중구 보궐 선거에 나왔었다. 고맙게도 그 서슬 퍼런 가운데 지역민들이 남편을 지지해준 덕분에 선거에 당선될 수 있었다. 이때부터 나의 선거 인생이 본격적으로 시작되었다.

바다 넘어 산에
간다, 더 낮고 더 푸른 동해

Mar 26 '22
김동

¹² 정치인이 정치하다
그만 두게 되면 그 가정은?

9대 국회의원 보궐선거에 당선
됨으로써 나의 남편 정대철은 본격
적으로 정치인의 길을 걷게 되었
다. 시아버지와 시어머니가 타의에
의해 정치를 할 수 없게 되자 그 아
들이 나서서 바통을 이어받은 것이
었다. 공부는 때가 있고 정치는 나
이가 좀 들어도 할 수 있다는 주위
의 반대를 무릅쓰고 출마했었다.
감사하게도 지역 주민과 의식 있는
분들이 지지해 주어 정치인의 길로
무사히 들어설 수 있었다. 그러나
그것도 잠시, 일 년 후 전두환 군사
정권이 들어서면서 국회를 강제로
해산시켰다. 정치인들은 모두 실업
자가 되고 말았으니 그 험한 세월
을 어찌 말로 설명할 수 있겠는가.

제주 서귀포시 성산 일출봉 난
산방산 등을 배경으로

Feb 15 22信

은 유채꽃밭, 푸른 바다의 눈덮인 한라산, 성산일출봉.
유채꽃을 그 뒤로 하여서 3월 초에 절경을 이룬다.

실업자로 세월만 보내다가, 못다 한 공부를 마치기 위해 남편은 미국으로 떠났다. 남편 없이 홀로 남은 나는 세 아이들을 키우고 살았는데 그 시절을 생각하면 참 힘든 시간이었다. 아이들이 자주 아파 병원에 가야 했는데 돈은 없고 보험도 안 되어 친구의 보험증을 빌려 병원을 가기도 했다. 엎친 데 덮친 격으로 내가 결핵성 늑막염까지 걸려 사경을 헤매다가 기적적으로 살아난 일도 있다. 돈이 없어 친한 친구에게 만 원, 이만 원 빌리거나 아이 돌잔치에 들어온 돌 반지를 하나하나 팔아서 생활했다. 금을 팔려면 주민등록증을 제시해야 했는데 이는 나의 신분이 드러나는 일이라 동네에서 팔기 어려웠다. 멀리 동대문까지 가서 팔아 생활비로 보태야 했다. 반지를 팔 때 주민등록증의 세대주 성함을 혹시 알면 어떡할까 하고 마음 졸였던 일들을 생각하면 아직도 가슴이 저리고 아픈 기억들이다. 그래도 그 세월 동안 굶지 않고 아이들 키우고 살아왔던 것에 감사할 따름이다.

일출

Apr 7 23

10대 국회의원 선거운동의 기억들

어느 선거나 마찬가지겠지만 10대 국회의원 선거는 특히나 의미가 있었다. 9대 국회가 우여곡절을 겪었던지라 더더욱 국민들의 기대가 컸었다. 야당 1번지로 알려져 있던 서울 종로·중구 중선거구는 집권 여당 측에서 온갖 구실과 핑계로 선거를 방해하고 있었다. '다른 지역은 다 져도 종로·중구만큼은 야당이 집권하지 못하게 하는 것이 소원'이라고 할 정도로 종로·중구는 야성이 강한 지역이었다. 그만큼 집권당에서 치밀하고 전략적으로 펼친 선거 방해 공작과 더불어 선거 집중 현상이 있었으니 당사자인 우리로서는 더욱 힘든 상황을 맞이하고 있었다.

더욱이 선거 초반부터 여당 당원이 다니지 못하도록 온갖 방해 공작이 비일비재했고, 종일 물 한 모금 마시지 못한 채 남편 선거 운동을 도운 탓에 목이 쉬어 말이 제대로 나오지 않기도 했다. 다른 사람보다 목이 약했는지 선거 때마다 겪어야 하는 어려움이었다. 10대 선거 때도 여느 때와 같이 초반부터 목이 쉬어 말을 잘 할 수가 없어서 매우 힘들었다. 쉰 목소리로 계속 사람을 만나고 다녔더니 나중에는 통증으로 이어졌다. 그 아픈 목이 선거가 끝나고 6개월이 지나서야 조금은 나아졌으니 참 고통스러웠던 시간이었다. 나의 쉰 목소리가 독특했는지 사람이 많은 곳에서도 목소리 덕분에 누군지 쉽게 알아차렸다고 한다. 소영남은 나의 쉰 목소리를 개척교회 전도사 같다고 놀렸다.

용절산 발아래 펼쳐진 섬진강 풍경

지금은 방문 선거 운동을 할 수 없지만 당시에는 가가호호 방문을 통해 선거 운동이 가능했던 시기였다. 가정방문을 하거나 사랑방 좌담회를 할 때면 좀 여유 있는 사람들은 문을 열어 주지 않았다. 주로 문이 열려 있는 서민들을 상대로 방문을 할 수밖에 없었다. 꼭 그런 것은 아니겠지만 가난하고 못 사는 분들이 인정이 많고 남의 일에 걱정도 많이 해 주었다. 내가 선거 운동을 하도 오래 해 봐서 그런지 매 선거 때마다 같은 집을 방문하는 경우가 많은데 방문하는 집의 생활 모습을 살펴보면 가재도구며 살림살이들이 조금씩 나아지는 것을 볼 수 있었다. 지난 선거 때는 없던 전기밥솥이 생기고 냉장고가 없던 집에 냉장고가 들어와 있었다. 그런 것들을 지켜보면서 힘들어도 세상은 조금씩 나아지고 있다는 것을 느꼈다. 최소한 가정 살림살이 수준에서는.

방문 선거 운동을 하다 보면 서울 종로·중구가 서울의 중심지인데도 불구하고 사람이 살 것 같지 않은 곳에도 이런 집들이 있구나 하는 것을 느낄 때가 있다. 처음에는 서울 한복판에 있다는 것이 도저히 믿기지가 않았다. 10여 가구가 공동화장실을 사용하고 전기가 아예 들어오지 않는 집도 있고, 수도가 없어 남의 집 수돗물을 사용하거나 쥐가 사방으로 기어 다니는 등 정말 여기가 서울 한복판이 맞나 싶었다. 한 번은 선거구민의 집에서 초상이 나서 문상을 갔는데 관이 비좁은 방 대부분을 차지해서 절을 하면 관과 부딪칠 지경이어서 절도 제대로 못 하고 나왔던 기억도 있었다.

김순관의 〈화영연화─염원〉를 보고

Mar 16,
'32년

¹⁴ 20번이 넘는 선거 기간 중에 있었던 아픈 이야기들

 대한민국 헌정사에 우리 집안만큼 선거 운동 경험이 많은 집안도 드물 것이다. 서울 중구에서 시아버지 정일형 박사가 연속 8선, 남편인 정대철이 5선(9대 보궐, 10대, 13대, 14대, 16대 국회의원), 아들 정호준이 1선, 형부 조순승이 3선(전남 승주), 할머니 박현숙이 3선(미군정 시 남조선 입법의원, 강원도 철원 14대 민의원, 16대 국회의원 비례), 모두 더하면 20번의 당선 경험이 있고 낙선 경험까지 합치면 20선이 훌쩍 넘는다. 집안의 모든 대소사가 선거와 관련이 있었고 모든 관심사가 헌정사의 선거와 관련이 되어 있었다. 나는 이 집안의 며느리로서 선거 전문가가 다 되어버렸으니 선거에 임하는 준비와 팀원들 관리부터 판세 분석까지 도가 트게 되었다. 주로 우리는 야당 쪽이었고 여당 프리미엄을 누려보며 선거운동 한 적은 별로 없다. 그러니 이 모든 선거의 승리가 하늘이 도와주신 것이고 선거 구민들께서 저희 집안을 믿어 주신 결과라 생각하며 언제나 주민들에게 감사한 마음으로 살아가고 있다. 이제 내 나이도 팔순을 바라보고 있다. 세상의 모진 풍파도, 선거에서 상대편과의 전쟁 같았던 선거전도, 다 추억이 되어 머물지만 그래도 가슴 아팠던

시시 각각으로 변하는
만추 풍경

NOV 26 의 信

이야기들은 묻어 두고 가기엔 아까워서 몇 자 적어본다.

선거 사무실 화장실 청소와 책상 쓰레기통을 비우는 것으로 하루를 시작했다. 새벽에 하는 선거 운동은 추운 기온으로 운동원들에게 참으로 고된 일이었다. 둥글레차를 끓여서 마호병 여럿에 나눠 담아 한 잔씩 돌렸다. 차를 나눠 주다 보면 선거 분위기를 자연스럽게 파악할 수 있고 운동원들을 격려할 수 있어 보람됐다. 이 차 한잔의 대접은 항상 다른 당 운동원부터 시작했고 선거의 전체 흐름을 알 수도 있었다.

야당 탄압에 관련해 많은 경험을 겪었지만 그중에서도 가장 기억에 남는 일은 신문 기사에도 실렸던 투척 사건이다. 선거 운동 중 야당 후보 아내인 나에게 어떤 사람이 어떤 액체를 확 뿌렸는데, 다행히 수행 당원들 사이에서 있어서 옷에만 묻었기에 망정이지 하마터면 큰일이 날 뻔했다. 그런 일을 겪은 후 선거에 떨어져 일일이 낙선 인사를 다니는 중에 종로 5가 어느 약국에 들렀다. 그곳의 키 큰 약사가 날 보더니, "젊은이가 못할 짓 했다"라며 엉엉 울었다. 같이 다녔던 당원이 그에게 "나쁜 짓 말고, 울긴 왜 우나"며 한마디 했었다.

부엌 한 편에 묻혀있는 물두멍

July 29'22
흙길

15

13대 국회의원 선거

13대 국회의원 선거 때이다. 13대 선거는 한 마디로 돈 돈 돈 선거였다. 야당인데다 특별히 벌어 놓은 돈도 없던 우리로서는 절대적으로 불리한 상황이었다. 상대 후보가 돈을 뿌리고 다닌 다는 소문이 돌아도 따로 대응할 방법이 없어서 발만 동동 구르며 안타깝게 시간을 보냈던 기억이 있다. 돈이 없던 우리는 대신 선거 기간이 아닌 평상시에 주위에서 옷가지 등 물건을 모아 단추 달고 손질해 산동네에서 펼쳐 놓고 필요한 것을 가져가게 했다. 다들 정성으로 마음으로 우리를 응원해 주었고 지금도 그때 그분들을 잊지 못한다.

한국 최초의 여성 비행사 권기옥 님이 자신의 집을 우리네 시어머니가 설립한 한국가정법률상담소에 기증하셨다.(중구 장충동 소재) 우리는 그 집을 빌려서 선거 사무실로 사용할 수 있었다. 참 다행스러운 일이었다. 당시엔 야당 인사가 사무실을 구한다 하면 건물주들이 건물을 빌려 주지 않아 선거 사무실을 구하기 굉장히 힘든 시절이었다. 집을 구하면서 남자 이름 같았던 내 이름으로 덕을 본 적도 있다.

겨울 등산 중에 미끄러져 나의 왼쪽 손목이 부러진 적이 있었다. 불편한 손목 때문에 목욕이 불편해 세신사 아주머니께 도움을 받는 중이었다. 아주머니가 내게 어디에 사느냐고 물어 보

김민정의 〈넘실대는 저것은 산인가 물인가〉를 보고

았다. 약수동에 산다고 대답했더니 "그 양반(정대철) 도와주세
요"라는 말을 꺼냈다. 당시 세신사 분은 내가 단지 평범한 약수
동민인 줄만 알고 그렇게 말한 것이었다. 그때 내색하진 못하고
속으로만 감사했었다.

16

14대 국회의원 선거

14대 국회의원 선거 때는 서울역 뒤 컴컴한 건물을 집집마다 다니다가 2층에서 굴러서 다친 기억이 있다. 사실 그 정도면 병원에 입원해야 했는데 워낙 선거에 온 신경이 쏠려 있던 탓인지 얼마 지나지 않아 다시 선거운동을 할 수 있었다. 여러 열악한 조건에서 내가 몸이 아프다고 선거 운동을 돕는 일에 빠져선 안 된다고 생각하니 하늘이 나를 도운 것인가 생각했다. 마치 예전에 남편이 미국으로 유학하러 떠난 뒤 혼자 아이를 키울 때 결핵성 늑막염에 걸려 심각한 고생을 하던 차에 남대문교회 배정진 전도사님의 기도로 기적같이 회복한 것과 비슷한 일이 또 일어난 것이다.

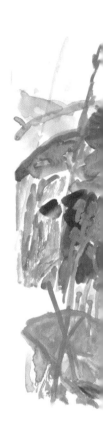

중구 서울역 건너편에 유명한 창녀촌이 있었는데 이곳을 생각하면 떠오르는 일이 있다. 그곳에서 모임이 있다는 정보를 듣고, 유인물 챙겨 혼자서 찾아간 적이 있다. 건물 속은 암흑에 미로였는데 두려운 마음으로 건물 꼭대기 층에 갔더니 포주들이 일종의 계모임을 하고 있었다. 내 모습이 순진해 보였는지 유인물을 놓고 가라며 보냈던 기억이 난다. 당시 느꼈던 두려움은 지금도 생생하다.

모든 희망의 구심점,
십자가와 부활

Apr 1 '22 作

17

16대 국회의원 선거

16대 선거하면 부정투표를 목격하고도 발만 굴렀던 기억이 난다. 지금은 세상이 훨씬 맑아지고 민도民度도 올라가서 그런 일이 잘 없지만 예전에는 일반적으로 알려진 부정 선거 방식 말고도 교묘하게 짜인 '릴레이 선거'라는 것도 있었다. 간단히 설명하면 조직원들이 지지하는 선거인이 아니라 다른 선거인을 투표하는 것을 막기 위해서 조직원들이 몰려가서 릴레이 방식으로 투표를 하는 것을 말한다. 방법은 간단하다. 먼저 기표소에 들어간 첫 번째 조직원이 지지 선거인을 찍은 후 기표한 투표용지를 갖고 나온다. 다음에 들어간 조직원이 기표된 투표용지를 투표하고 자신은 같은 방법으로 지지 선거인을 찍은 투표용지를 갖고 나온다. 이렇게 릴레이로 진행하면 상대방이 지지 선거인을 찍었는지 확인할 수 있게 된다.

우리 쪽 지지자들은 발을 동동 굴렀다. 타인의 투표 의사를 원천적으로 방해하고 특정 후보자만을 위한 활동이기에 엄밀한 의미에서 부정 투표다. 조직력이 우세한 후보는 실제로 이런 방식을 통해 자신들의 표를 확보했다. 사실 당시 집권당의 이러한 부정 투표 방법은 조직 간의 단합과 유대를 바탕으로 표시가 나지 않게끔 특정 후보를 유리하게 만들 수 있었다. 조직력이 부족한 후보들의 입장에서는 항의도 못 하고 부정 선거를

Jan 19 '21 김포

흰 눈이 만든 수묵의 수채화

당하고만 있어야 하는 입장이 되고 만다. 나는 그 당시 이러한 부정 투표를 신고했다가 도리어 조사받느라 온종일 파출소에 붙들린 적이 있었다. 투표를 독려하고 조직을 관리해야 하는 처지에 온종일 붙잡혀 있는 것은 정말 바보스러운 일이라는 생각이 들었다. 그다음 선거에서는 선거 당일에 부정투표 시비를 따지지 않기로 했다. 이러한 가운데서도 야당이 당선되었으니 감사할 따름이다.

언제는 밤 12시가 넘어 지친 몸으로 집에 들어와 까무룩 잠들었던 날이었다. 마치 무언가 썩는 듯한 이상한 냄새가 진동하기에 잠에서 깨어났다. 냄새의 출처는 곪아 터진 남편의 발바닥이었다. 그런 고생에도 선거는 결국 떨어졌고, 다음 선거에서 몇 배는 더 뛰어다녀야 했다.

Jan 8'22

지역구 정치인으로 산다는 것은

남편이 지역구 국회의원이 되고부터는 동네를 다닐 때 몸가짐이 몹시 조심스러워졌다. 잠깐의 외출에도 항상 신중했다. 처음에는 목욕탕에 가는 것도 부끄러워서 집에서 멀리 떨어져 있는 목욕탕을 다니기도 했다.

지역구 정치인으로 국회의원이 되어도 특별히 생활이 나아지는 것은 없었다. 대신 나는 항상 상갓집과 결혼식장에 다녀야 했고 남편도 늘 그랬다. 우리 부부는 주말이 되면 더 바빴고 따로 들러야 할 집을 나누어서 다녔다. 다사다망한 외중에도 동네에서 억울하다는 사람들의 민원을 외면해서는 안 되었기에 들어주기 바빴다. 동네 분 중에는 술만 드시면 우리 집으로 전화를 해서 온갖 하소연을 하며 자기 할 말만 하고 끊는 분도 참 많았다. 처음에는 힘들었는데 나중에는 으레 그러려니 하고 태연히 받아들이게 되었다.

언제는 그렇게 술기운에 우리를 애먹이시던 그분이 돌아가셨다는 소식을 듣고 장례식장을 다녀왔었다. 돌아가실 것을 뭐 그리 애가 많으셔서 밤이면 밤마다 우리 집으로 전화를 했을까 생각하니 만감이 교차했다.

July 22 '21

¹⁹ 야당 내 야당, 여당 내 야당

    누구는 정치를 하면 대우도 받고 존경도 받고 호사도 조금은 누린다고 한다. 그런데 나는 우리 집안에서 선거만 이십여 차례 치르고 가족들이 국회의원에 당선되었어도 호사는 한 번도 누려보지 못했다. 그뿐만 아니라 편하게 주변을 보듬어 갈 여건도 마련되지 않았다. 야당을 하면서 조윤형, 정대철, 이상수 님 주축으로 정치발전연구회(정발연)를 만들어 야당 주류 측과 척을

김지연의 〈영산강 연작, 사진〉을 보고

지면서까지 내부 민주화를 위해 애쓴 적도 있다. 그러나 돌아온 것은 편 가르기와 냉대뿐이었다. 심지어 김대중 선생께서 대통령이 되고 나서도 권력의 주변인들에게 포위되어 감옥에까지 갔다 와야 하는 신세가 되기도 하였다.

²⁰ 남편의 감옥행

남편의 아버지이자 나의 시아버지인 정일형 박사는 40대 기수론을 주도하며 젊은 DJ를 유력 정치 지도자로 세웠다. 그의 어머니는 이화여대 법대 학장직을 내던지고 DJ의 대통령 당선을 위해 전국을 누비며 연설을 했다. 정작 본인은 DJ를 밟고 일어서려는 것이 아니라 선거 흥행과 중도층 외연 확대를 위해 김대중 선생과 대통령 후보 경선에 참여하였다. 분투의 결과는 김대중 선생의 대통령 당선이었다. 그런데 이 과정에서 어떤 이해관계가 얽혔는지 모르지만 남편이 어느새 파렴치한 정치인으로 몰려 감옥에 가게 되었다. 내가 아는 남편은 사사로운 돈을 받아 사욕을 채운 일이 없었고 남에게 말 못 할 정도로 가난하게 지내도 돈 한 푼을 갖다 쓸 사람도 아니었다. 너무도 분했다. 누구 하나 과감하게 구명 운동을 하는 이가 없었다. 야당 내 야당 우두머리의 가슴 아픈 최후인가 했다. 재판을 몇 년씩 끌다가 헌법재판소에서 결국 무죄 판결로 끝이 났다.

나의 남편은 교정 선교 위원으로 활동하며 갇힌 영혼을 구원하고자 구치소에서 열심히 선교하고 있다. 또한 여러 나라의 한인 교회로부터 초청받아 예수의 이름을 위해 간증했던 일은 세상 어떤 것보다 귀하였다. 함께 선교하는 김영석 목사가 담임하는 으뜸사랑교회에서 명예장로로서 매달 첫 주 대예배의 대표기도를 2년째 드리고 있다.

왜, 그가 두 번씩이나 감옥에 갔는지 그 뜻을 이제야 깨닫게 해 주신 주님의 은혜를 다 표현할 길이 없다.

남편 정대철 기도하는 모습

²¹ 첫 면회

구치소로 첫 면회를 갔을 때, 남편은 환한 얼굴로 나를 대했다. 오히려 내 모습이 안돼 보였는지 혼자 오려면 면회 오지 말라고 했다. 면회 갈 때마다, 옆방 죄수 아무개는 사정이 안됐고 어떤 간수는 딱한 처지라며 자신에게 들어온 영치금으로 도우라며 남부터 걱정했다. 하루는 내게 맛있는 김치를 넣어달라 했다. 그는 구치소 매점에서 구매한 물건으로만 삼만 원어치씩 골라 넣는 것을 모르고 내가 직접 가져오는 줄로만 알았기 때문이었다. 나는 남편이 구치소에 가기 일 년 전부터 연세대 신학대학원에서 상담학을 공부하고 있어서 그 당시에 면회 가랴, 공부하랴 무척 바빴다.

정권 창출로 호사를 누리기는커녕, 감옥에서 혼자서 가슴 아팠을 그를 생각하면 마음이 괴로웠지만 그래도 그의 낙천적인 성격과 어떤 어려운 상황에서도 자신을 세우고 지켜가는 모습에 존경스럽고 또 감탄스러웠다. 금단 현상도 없이 손쉽게 줄담배도 끊고, 책 『사도 바울』을 번역하는 등 꿈을 포기하지 않고 열심히 밝게 지내는 모습에 감사했다.

어느 날 법무 비서실장 L 의원이 나를 불러 남편이 감옥 간 것이 동교동이 했다고 오해 말라고 했다.

나는 "대통령 내외 두 분은 우리에게는 부모님 같은 존재"라고 밝히며, 치매 걸리신 어머니께서 그 안에 있을 동안 돌아가시면 천추의 한이라고 말하고 울면서 일어났다.

노을 노을   Feb 19 '21 景

22 나, 이희호인데… 영부인의 짧은 위로

남편이 감옥에 가고 며칠이 지났다. 어떤 사람이 청와대 비서관이라고 자신을 소개하면서 잠시 뒤 어느 공중전화 박스에서 전화를 받으라고 전했다. 영문을 몰랐지만 청와대 비서관이라는 말만 믿고 알려준 시간에 맞춰 해당 공중전화 박스로 갔다. 곧 전화가 울렸고 어떤 여자의 목소리가 들려왔다. "나 이희호인데, 남편이 그렇게 안 좋은 일을 당해서 뭐라 위로를 해야 할지 모르겠습니다. 우리 집안에 많은 은혜를 베풀어 주었는데 남편의 앞날을 지켜 주지 못해서 미안합니다. 문제가 된 금액이 얼

원주 치악산 둘레길

마 되지 않으니 조만간 좋은 소식이 있을 수도 있지 않겠습니까? 건강 잘 챙기시고 잘 지내십시오." 이렇게 말씀을 하시는데 내가 뭐라고 할 말이 없었다. 전화를 끊고 공중전화 박스를 나왔다. 고마우면서 두렵기도 하고, 온갖 생각이 머리를 스쳐서 오히려 더 혼란스럽기만 하였다. 영부인의 짧은 위로는 나에게 아무 도움이 안 되었다. 그 이후에도 남편은 도움을 받기보다는 법대로 처리한다면서 오히려 더 힘들었던 기억이 있었다.

NOV 27 '21 슬

23

권력에 아부하는 사람들

　다들 알겠지만 김대중 정권 이후 다음 대통령으로 노무현 후보가 당선되었다. 당내 후보가 확정되는 과정이나 이후 대통령 선거 운동 과정에서 남편은 선거대책 본부장을 맡아 열심히 그를 도왔다. 그리고 마침내 노무현 대통령이 탄생되었다. 정말 기쁘고 축하할 만한 일이었다. 이제는 야당 내 야당, 만년 야당의 설움을 떨치려나 생각했다. 그러나 그것도 잠시, 다시 남편은 개국공신의 복록을 받는 대신 내부 권력 다툼의 희생양이 되어 또 감옥에 갔다. 정말 하늘도 무심한 일이지 이럴 수가 있나 말이다. 노무현 대통령의 말년이 좋지는 못해 안타깝게 생각하고 있다. 하지만 언제나 바른 소리 하고 야당 내 야당으로서 같이 고생한 남편을 그런 곳으로 보내는 것은 아니었다고 생각한다.

　노무현 대통령이 후보로서 선거 운동을 할 때 서울에서 좀 사는 여인들이나 학벌이 높고 유식하다는 여인들은 권양숙 여사를 참 무시하고 업신여겼다. 선거 운동을 같이할 때 이러한 모습을 보고 많이 안타까워했다. 그러나 선거가 끝나고 대통령으로 당선되자 그렇게 업신여기고 쑥덕거렸던 여인들이 맨 먼저 아부하는 모습을 보고 사람이란 권력에 약한 존재들이구나 생각했다.

Jan 27 '22 P.a

24

사랑의 증표 같은 옹기

내가 선거운동을 했던 지역구가 서울 중구라서 황학동 중고 만물상 시장에 자주 다닐 기회가 생겼다. 선거를 치른 후 몸과 마음이 고단해 몸이 마치 물먹은 솜처럼 축 처졌다가도, 옹기와 같은 옛것을 보면 물 만난 물고기처럼 되살아났다.

70년대, 그리 흔하고 아무도 관심 갖지 않던 옹기들. 우리네 여인들의 애환이 깃든, 반들반들 윤이 나던 장독대. 얼마나 소중한 공간이었던가. 부지런함의 상징이었던 옹기는 이제 너무도 귀중한 우리의 옛것이 되어 버렸다. 엉경퀴나 옹기나 모두 오롯이 고생한 사람들의 표현물이자 사랑의 증표 같았다. 그런 점이 무척 좋아져서 옹기를 모으게 되었다.

우리의 전통음식 김치를 숙성하고 저장하는 일은 숨쉬는 그릇인 옹기의 역할이었다. 그런 옹기가 세계문화유산에 등재되기를 바라면서 2021년 6월에 그동안 내가 모은 옹기들을 이화여대 박물관에 기증하였다.

²⁵ 평양 방문기

　나는 평생 통일을 소원하였다. 북한과 평화롭게 지내서 통일이 되면, 북에 두고 온 여동생을 꼭 만나기를 기대하며 살아왔다. 꿈에서라도 한 번 보고 싶은 내 동생, 김덕선. 지금은 75세가 되었겠다. 엄마가 어려서 돌아가시니 핏덩이를 장 씨 댁에 맡겼었다. 아들만 8형제인 집에서 자란 내 동생. 우리는 남한으로 내려왔지만 삼팔선이 생기고 나서 덕선이는 내려오지 못했고 여

여름의 평양 대동문

태 살았는지 죽었는지 생사도 모른다. 참 보고 싶다. 어찌하여
한 어머니 배 속에서 나왔으나 이리도 떨어져 살면서 서로를
그리워해야 하는지. 세상이 야속하다. 난 항상 어릴 때 헤어진
내 동생을 생각하면서 '한민족 복지재단'이나 교회에서 각종
의복을 모아 북한으로 보내는 활동이 있을 때마다 기회만 있으
면 동참하였다. 참 많은 옷을 보냈다. 내가 섬기는 남산교회에

Janes '21 9월

서도 북한에 옷 보내기에 열심이었다. 이미 어른이 되었겠지만 동생이 어렸을 때 얼마나 추위에 떨며 살았을까 하는 생각에 눈물이 나서 있는 옷 없는 옷 다 모아 서 보냈다.

2002년 '한민족 어린이돕기 네트워 크'에서 열심히 일한 덕분에 김대중 정부 때 드디어 북한에 가게 되었다. 인천국제공항에서 북한 순안국제공항 까지 고작 1시간 비행 거리라는 게 믿 어지지 않았다. 만감이 교차하였다.

어머니의 무덤을 방문하는 일과 동 생 덕선이가 살아 있다면 만날 수 있 을 거라는 기대감과 놀라움, 그리고 의 외의 반가움이 날 기다리고 있었다. 남 과 북은 제법 다를 거라는, 믿어 의심 치 않던 나의 편견은 사라졌다. 이념으 로 인해 많이 다를 거라고 상상했는데 막상 가보니 남북으로 나뉜 반쪽짜리 가 아닌 '우리'를 느끼게 했다. 지금 떠

이봉상의 《나무》를 보고

올려도 코끝이 찡하다. 다만 공항 입국심사대에서 비자를 체크 하던 직원의 눈초리가 매서워서 '여기가 공산국가'라는 것이 새 삼 느껴졌다.

오랫동안 갈라져 지낸 세월도 내 마음에 이는 물결을 막을 수 없었다. 우리가 묵었던 고려호텔 주변에 저녁부터 야시장이 열렸다. 호기심에 열심히 이곳저곳 다니며 팔고 있는 건 뭐든 다 사고 있으려니, 같이 다니던 젊은 여성이 내게 돈 쓰지 말라며 따뜻하게 말을 건넸다.

잘 생긴 공산당원 여성이 어린아이에게 '동무'라고 부르는 말에 여기가 북한이라는 걸 다시금 깨달았다.

'남남북녀'라는 말처럼, 북한 여성은 여성스럽고, 말소리도 조용하고 참 예쁘다.

공산화 이후에 태어난 젊은이들은 완전히 다를 줄 알았는데 그렇지 않다는 걸 알고나니 반갑고 감사했다.

감시조와 며칠간 지내다 보니 정이 들었다. 공항에서 인사하며 악수하는데 특수 훈련으로 손바닥이 곰 발바닥처럼 딱딱해서 안타깝고 애처로웠다.

여행 동안 온통 머릿속에는 생사 모르는 동생 생각뿐, 아쉬움만 남기고 다시 남한으로 돌아왔다. 부디 정치인들이 정치를 잘해서 하루속히 남북통일의 그날이 오기를 바랄 뿐이다.

 6·25 피란 시절, 8살 때 이유 없이 죽어가던 나를 살려주신 일, 39세 때 결핵성 늑막염으로 죽을 뻔한 고비를 넘기게 하신 일, 74세에 자다가 뇌경색으로 왼쪽 팔다리에 마비가 와서 오늘에 이르게 하신 일, 말년에 감사하며 그림 그리는 일까지, 디딤돌이 되어 제게 부족한 온유와 인내를 깨닫고 나 같은 처지에 있는 사람들을 이해하고 사랑하라고, 주님이 지금껏 항상 저를 보듬어 주시고 무한한 사랑을 베풀어 주심에 감사드린다.

 병이 나고 영등포의 한 병원에 입원해 있을 적 김영석 목사님께서 성경 필사 노트 열 권을 주시면서 성경을 필사하라고 하셨다. 우리 말과 영어로 필사를 시작하면서 말씀을 새롭게 마음에 새기며, 감사한 마음을 가졌다.

 살면서 '검이불루儉而不陋', 검소하지만 누추하지 않게 항상 남을 돕고 먼저 하나님 나라와 그 의를 구하시고 이웃사랑을 실천하며 사신 할머님, 우리나라 건국과 정치, 민주화를 위해 늘 기도로 (십자가의 길) 좁은 길을 걸으시며 '성자'라는 칭호를 들으신 시아버님, 번민하는 이웃과 함께 눈물 흘리시며 우리나라 여성의 지위를 법으로 향상시킨 시어머님은 '화이불치華而不侈', 삶의 운치를 멋과 품위로 지키신 분들이다.

정일형, 이태영

친정 할아버지 김성업(당시 동아일보 평양지국장, 19
년간. 투옥될 때까지)과 할머니 박현숙.

참으로 훌륭한 모든 것을 보고 배우는 삶의 지혜였다. 남다르게 어려움이 많은 환경이었지만 작은 일에 감사하고, 여건 허락하면 봉사하고자 노력했다.

나의 친정은 검소하지만 누추하지 않았다. 흔히들 한 번 하기도 힘든 국회의원이 한 집안에서 20번 당선된 것은 하나님 은혜이며 이에 감사드린다. 시부모님은 동작동 국립 현충원에, 친정 조부모님은 대전 현충원에 모셨다.

이제껏
살아계신 주께서
나의 버팀목이 돼 주셨고 동행하셨음을
감사드립니다!

고마운 분들

병이 나고 나서 그림을 그리게 되었다.

남편은 부지런히 물감, 스케치북 등을 사다주신다. '감사합니다.'

그림을 그리도록 동기부여해 준 며느리.

칭찬해 준 미술 전공 딸.

무엇보다 부족함을 칭찬으로 세밀히 지적해 준

서울미대 출신 동창 LYH에게 나의 '고마움을 전한다'.

지금까지 어려울 적마다 도와준, 이름처럼 아름다운 친구 HYS!

남편의 첫 출마 때부터 도와준 SSH, LKH, LJJ 등 이화 16인

수많은 친구들 '고맙다'.

어릴 적 한동네에서 살았고 같은 초등학교, 같은 대학 같은 과 졸업,

결혼 후에도 잠시 같이 살았는데

놀랍게도 사후에 갈 봉안당인 에덴 파라다이스의 방까지 같은

나의 친구 MYO.

늘 기도해주시는 SJN 목사님.

자주 병원 오셔 기도해 주신 LWJ 목사님 부부.

그리고 교회 권사님들.

모두 '감사합니다'.

끝으로 글 감수해주신 조경래 작가님 감사드립니다.

시

엉겅퀴

김덕신

홀로 들가에 핀 엉겅퀴
어딘가 외로워 보였지만
네 모습을 사랑한다.

너를 칭찬하고 싶다
수고 많았다고
너의 강인함을
정직함을
언제나 동심 잃지 않음을

물두멍에 담긴 기억들

김덕신